Par P. Rousseau, d'après Barbier.

LA MORT

DE

BUCEPHALE.

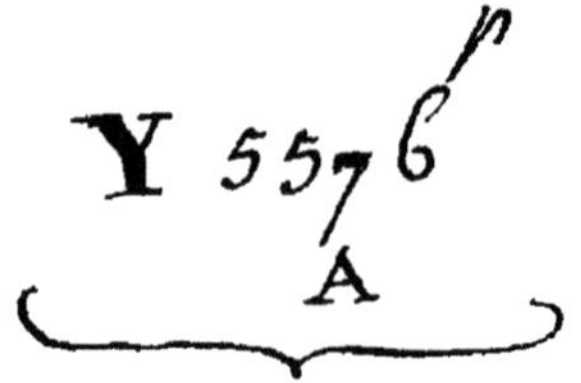

LA MORT

DE

BUCEPHALE

EN UN ACTE EN VERS.

NOUVELLE ÉDITION.

A PARIS,

Chez CAILLEAU, Libraire, rue S. Jacques, au-dessus de la rue des Mathurins, à S. André.

M. DCC. XLIX.

Avec Approbation & Permission.

AVIS AU PUBLIC.

ON a contrefait en plusieurs endroits & principalement à Lyon, la premiere Edition de la Mort de Bucephale; mais toutes ces Editions sont imparfaites, vicieuses & tronquées : celle-ci est la plus complette & la plus soignée.

PRÉFACE.

QUELQUES recherches qu'on ait fait chez les Anciens, pour avoir une connoissance parfaite des mœurs des Chevaux qui vivoient du tems d'Alexandre, on n'a rien trouvé qui pût servir à établir le caractere de Bucephale. On ne sçait s'il étoit hongre ou entier; il y a apparence qu'il étoit plutôt l'un que l'autre; Car suivant *Quint-Curce, Liv.* 1. il étoit un peu feroce. On seroit de mauvaise humeur à moins.

Dans l'incertitude, on a mieux aimé se passer du personnage essentiel, que de s'écarter de la belle nature. Tanpis s'écriera peut-être quelque mauvais plaisant; on se seroit battu pour jouer ce role. Oh Messieurs les Zoiles, contentez-vous de crier au vol, au meurtre. On a pillé des Vers des meilleurs Auteurs; mais ils viennent si naturellement au sujet, qu'on les auroit trouvés comme eux. Pourquoi se sont-ils tant pressés de les faire? On s'est bien gardé de les souligner ni de les marquer en lettres italiques.

Attrape qui peut.

ACTEURS.

ALEXANDRE.

ARIDÉE, *frere d'Alexandre.*

STATIRE, *fille de Darius.*

EPHESTION, *Confident d'Alexandre.*

PHILIPPE, *Médecin d'Alexandre.*

GARDES.

La Scene se passe où l'on veut.

LA MORT DE BUCEPHALE.

SCENE PREMIERE.

ALEXANDRE, ARIDE'E, PHILIPPE, & les Gardes.

ALEXANDRE *à ses Gardes.*

GARDES : qu'on se retire, & qu'on nous laisse ici :
Demeurez Aridée, & toi, Philippe aussi.
Je me flattois, Amis, qu'au gré de mon envie,
Je pourrois à mes loix, voir la terre asservie,
Conquerir des Etats dont je n'ai pas besoin ;
Et l'ardeur de courir m'eût entraîné bien loin.
Je voulois, hors du monde, étendant ma fortune,
Attacher à mon char le Soleil & la Lune ;

Mais d'un si beau dessein les Dieux semblent jaloux;
Je croyois, vainement qu'ils combattoient pour nous:
Et quoi que m'annonçât ma premiere campagne,
Nous faisions, vous & moi, des Châteaux en Espagne.

ARIDE'E.

En Espagne, Seigneur! qui l'auroit pû penser!
Quand Darius vaincu vous permet d'avancer,
Et que des Sidniens vous voyez fuir le reste...

ALEXANDRE.

O combat trop sanglant! ô victoire funeste!

ARIDE'E.

Quoi! de quelques remords, Alexandre pressé...

ALEXANDRE.

Je perds tout, chers Amis, Bucephale est blessé.

PHILIPPE.

Bucephale, grands dieux!

ARIDE'E.

Ciel, qu'entends-je!

ALEXANDRE.

Lui-même.
Je viens vous informer de ce péril extrême.

PHILIPPE.

Daignez de ce malheur nous faire le détail.

ALEXANDRE.

Une bale a percé son généreux poitrail;

Son ſang... La voix me manque à ce récit funeſte ;
Sa vûe & mes ſoupirs vous diront mieux le reſte.
Sans perdre ici le tems en de vagues diſcours,
(*à Philippe.*)
Allez le voir ; ſon mal a beſoin de ſecours.
(*Philippe ſort.*)

ARIDE'E.

Du camp de Darius, une jeune Princeſſe
Demande à vous parler. Son air ſeul intereſſe.

ALEXANDRE.

Qu'elle vienne ; [Aridée ſort.] malgré ma haine & mes douleurs,
Je ne rebute pas de tels Ambaſſadeurs.

SCENE II.

STATIRE, ALEXANDRE.

STATIRE.

NE vous étonnez point, Seigneur, qu'on m'ait choiſie ;
Pour traiter avec vous du deſtin de l'Aſie ;
Mon Pere a ſes raiſons ; il ſçait que d'un procès
Deux beaux yeux quelquefois aſſurent le ſuccès :
Pour moi, dans l'âge heureux où l'on brave une Armée,
J'ai traverſé ce Camp ſans en être allarmée ;

Et j'ose me flatter que ce n'est pas en vain,
Que je viens vous offrir la paix avec ma main.
D'ailleurs d'une beauté languissante & flétrie,
Je ne viens point vouer le reste à ma Patrie;
Je vaux mieux que la guerre, & sans verser de sang
On peut...

ALEXANDRE.

De Bucephale on a percé le flanc,
Et l'on vient me parler de Paix & d'Hymenée?
Perisse la Scithie.

STATIRE.

Interdite, étonnée,
Seigneur, je l'avouerai, je n'avois pas prévû
Qu'un Cheval dût ainsi....

ALEXANDRE.

Vous ne l'avez pas vû.

STATIRE.

Il est vrai, je n'ai pas l'honneur de le connoître.

ALEXANDRE.

Il est d'un sang illustre, ou digne au moins d'en être.

STATIRE.

De ma beauté peut-être est-ce trop présumer;
Mais comme lui, Seigneur, je puis me faire aimer.

ALEXANDRE.

Que ne lui dois-je point; jamais une Maîtresse
Ne seroit si fidelle, & n'eut tant de tendresse:

Vous le verriez si-tôt que je veux le monter,
Baisser sa large croupe & me la présenter ;
Indomptable à tout autre, & pour moi si docile,
Qu'avec lui l'éperon me devient inutile.

STATIRE.

On pourroit l'imiter en faisant son devoir,
Et ma docilité ....

ALEXANDRE.

C'est ce qu'il faudra voir.
Auprès de lui je cours ; à regret je vous quitte :
Mais nous pourrons conclure après cette visite,

SCENE III.

STATIRE *seule.*

AH ! Qu'un accueil si froid me le rend odieux !
Moi qui présumois tant du pouvoir de mes yeux,
Un Cheval m'a vaincue. En quel siécle nous sommes !
Voilà notre pouvoir sur les esprits des hommes :
Fille d'un Roi fameux, & pour dire encore plus,
Jeune & belle, est-ce à moi d'essuyer des refus.

SCENE IV.

ARIDE'E, STATIRE.

ARIDE'E.

MAdame, avez vous vû le ſuperbe Alexandre!
Du pouvoir de vos yeux a-t-il pû ſe défendre!
Conſent-il....

STATIRE.

Il n'a pas le tems de m'écouter,
Et pour voir ſon cheval, il vient de me quitter.

ARIDE'E.

Le cruel! qu'avec lui j'ai peu de reſſemblance!
Le même ſang, dit-on, nous donna la naiſſance;
Mais jamais nul cheval ne ſçauroit partager,
Ce cœur que dans vos fers vous venez d'engager.
Aux Barrieres du Camp, dès que je vous ai vûe,
D'un tendre empreſſement mon ame s'eſt émue;
A travers les Soldats vous ouvrant un chemin,
Je me ſuis préſenté pour vous donner la main;
Hélas, je l'ai ſentie à l'inſtant embrâſée;
Sans doute que la vôtre étoit électriſée.
Ce feu qui tout à coup s'eſt gliſſé dans mes ſens,
Excite dans mon cœur...

STATIRE.

Seigneur, je vous entends :
Gardez-vous d'achever, vous allarmez ma gloire.

ARIDEE.

Non, le vin eſt tiré, Madame, il le faut boire.
Moi qui devant le ſexe humble, reſpectueux,
Sur les filles jamais n'oſai lever les yeux :
Craignant juſqu'aux effets d'une ardeur innocente,
Ne leur parlai jamais que d'une voix tremblante,
Aujourd'hui par l'amour tout à coup excité,
Je paſſe de la crainte à la témerité ;
Et mon cœur avec vous veut ſe mettre à ſon aiſe.

STATIRE.

Vous voulez donc traiter l'amour à la Françoiſe !

ARIDE'E.

Vous en offenſez-vous ! Facile à me troubler,
Votre air impérieux m'a d'abord fait trembler :
Mais près de vous bientôt mon ame apprivoiſée,
S'eſt promiſe en ſecret une conquête aiſée :
Et vous avez pris ſoin de me faire entrevoir
Que le Sexe n'eſt pas auſſi diable que noir.

STATIRE.

Si vous voulez pour vous que mon cœur s'attendriſſe,
Il faut que par vos ſoins mon ennemi périſſe.

ARIDE'E.

Qui !

STATIRE.

Bucephale,

ARIDE'E.

O Ciel!

STATIRE.

Vous êtes interdit!

ARIDE'E.

Vous sçavez à la Cour jusqu'où va son crédit;
Et combien le Roi l'aime.

STATIRE.

Ah! c'est ce qui m'offense;
Je ne veux plus sur moi qu'il ait la préférence.

ARIDE'E.

Pour vous plaire, faut-il devenir assassin?
Eh quoi!...

STATIRE.

Pour le tuer, gagnez son Médecin.

ARIDE'E.

Philippe!

STATIRE.

J'entrevois votre poltronerie;
Eh bien, Seigneur, je vais moi-même à l'écurie,
Là, de mon ennemi je sçaurai m'approcher;
Je percerai ce cœur où vous n'osez toucher,
Et mes sanglantes mains sur moi-même tournées,
Sçauront du même fer, joindre nos destinées;
Et tout cheval qu'il est, il me sera plus doux
De mourir avec lui que de vivre avec vous.

ARIDE'E.

Quoiqu'il m'en coute, il faut calmer votre colere :
Oui, Philippe paroît, je sçais ce qu'il faut faire.

STATIRE.

J'entrevois le bonheur auquel vous prétendez,
Et je vous permettrai, Seigneur..... vous m'en-
tendez.
Je vous laisse avec lui.

SCENE V.

ARIDE'E, PHILIPPE.

ARIDE'E.

Conçois-tu ma tristesse ;
C'est à toi de calmer le trouble qui me presse ;
Tu fûs dans tous les tems mon plus fidéle ami.

PHILIPPE.

Je ne sçai pas, Seigneur, m'attacher à demi.
Parlez. Mais quoi ! tandis qu'enchaînant la victoire,
Alexandre avec vous vient partager sa gloire...

ARIDE'E.

Avec nous, cher Philippe ! Ah ! peux-tu le penser !
Alexandre jamais sçut-il récompenser !
En vain pour nous ouvrir le chemin de l'Asie,
Tant d'illustres Guerriers ont immolé leur vie ;

Le ſang qu'ils ont verſé, n'eſt pour lui d'aucun prix ;
Et Bucephale ſeul occupe ſes eſprits :
Il ne le quitte pas, l'honore de ſes larmes,
Et ſur tous nos périls, tranquille, & ſans allarmes,
Il néglige pour lui, les devoirs qui ſont dûs,
Aux mânes des Héros que nous avons perdus.
Pour Bucephale ſeul ſon ame eſt attendrie ;
Il quitte ſon Palais pour voir ſon écurie.
Pour nos braves Guerriers, quel indigne rival ?
Tout lui paroît ſuſpect excepté ſon cheval.
N'eſt-tu pas indigné de cette préférence ?

PHILIPPE.

Oui, comme vous, Seigneur, ſa conduite m'of-
fenſe ;
Mais malgré mon dépit, la crainte & le reſpect,
Sur tout ce que je vois, me rendent circonſpect.

ARIDE'E.

Il eſt tems, cher ami, que ce reſpect finiſſe.
Il faut ſur ce Cheval nous faire à tous juſtice :
Philippe, oſeras-tu par un illuſtre effort...

PHILIPPE.

De mon zele, Seigneur, qu'exigez vous !

ARIDE'E.

Sa mort.

PHILIPPPE.

La mort de Bucephale ! O ciel, qu'osez-vous dire !

ARIDE'E.

C'est pour rendre son Maître à sa Cour, à l'Empire.

PHILIPPE.

Ah ! Pourrai-je, Seigneur, sans être criminel...

ARIDE'E.

Le crime est apparent, le service est réel.
Qu'il meure.

PHILIPPE.

Mais enfin attenter à sa vie,
C'est insulter le Roi jusqu'en son écurie !

ARIDE'E.

Un meurtre nécessaire au répos des Etats,
N'est pas mis, quel qu'il soit, au rang des attentats.
Philippe, ce service est pour nous d'importance,
Souvent un peu de sang lave une grande offense.

PHILIPPE.

C'est trahir Alexandre.

ARIDE'E.

Ou plutôt le servir.
La haine de la Cour par-là doit s'assouvir.

PHILIPPE.

Mais quoi !..

ARIDE'E.

Tout eſt à craindre, & ton zele balance !
Je ne m'attendois pas à tant de réſiſtance.
L'ongle de la vengeance a tracé ton devoir,
Et tu n'écartes pas les maux qu'on ſçait prévoir !
Ah je ne vois que trop, qu'affectant un faux zele,
Tu voudrois te parer du nom d'ami fidele ;
La feinte eſt trop groſſiere ; en ce ſiécle indigent,
Les Medecins n'ont plus d'autre ami que l'argent.

PHILIPPE.

Je vous obéirois, Seigneur, ſans nul ſalaire ;
Mais vous en croyez trop une aveugle colere :
Souvent pour ſe porter aux plus noirs fureurs,
De la vertu le vice emprunte les couleurs.
Vos diſcours ſur mon cœur ont un puiſſant empire.
Dans ce même moment (puiſqu'il faut tout vous dire)
Je tremble pour ma vie ; & dans ſon Medecin,
Le Roi peut aiſément découvrir l'aſſaſſin :
Mais donnez-moi du tems afin de le détruire :
Pas à pas au tombeau je ſçaurai le conduire ;
Notre art pour de tels coups, n'eſt jamais en défaut ;
S'il a beſoin du froid, j'ordonnerai le chaud :
De ſon ſang par degrez j'épuiſerai la ſource ;
Des plus forts purgatifs, j'emploirai la reſſource,
Et ſi de tels moyens ne m'ont pas réuſſi,
Je vais tout ordonner, juſqu'aux eaux de Paſſy.

ARIDE'E.

Oui, je ſçai qu'en marchant dans cette route obſcure,
Votre art impunement frappe d'une main ſure :
Mais ces détours ſont lents, & je veux qu'aujourd'hui,
Un trépas imprévû nous délivre de lui.
Fais-lui manger la mort dans un boiſſeau d'avoine.

PHILIPPE.

Le poiſon ! Que dira de moi la Macédoine !
Philippe empoiſonneur ! Et de qui ? D'un cheval ?

ARIDE'E.

Indigne Médecin, je vous connoiſſois mal.
Eh ! s'il ne m'eût fallu qu'une mort ordinaire,
N'étoit-ce pas aſſez de votre miniſtere ?
Par un chemin frayé marchant tout uniment ;
Votre art juſqu'au tombeau l'eût conduit lentement,
Mais quoi ! Si le poiſon vous cauſe tant d'allarmes,
Pour nous en délivrer, employez d'autres armes,
Qu'un ſuppôt de votre art au carnage aguerri,
Lui déchire le flanc d'un coup de biſtoury.

PHILIPPE.

Quel eſt l'homme, Seigneur, dont la main intrepide,
Oſeroit ſe prêter à ce chevalicide !

ARIDE'E.

Je vois tous tes détours ; mes soins sont superflus ;
Mais si dès ce soir même Alexandre n'est plus,
N'en accuse que toi.

PHILIPPE.

Ciel ! Quelle perfidie !

ARIDE'E.

Du cheval ou du Maître on demande la vie ;
Choisis :

PHILIPPE, *à part.*

Hasardons tout dans un pressant besoin ;
(*Haut.*)
Je vais empoisonner une botte de foin.

SCENE VI.

ALEXANDRE, ARIDE'E.

ALEXANDRE.

GRaces au ciel, ſon mal chaque inſtant diminue,
Et ſes douleurs ſembloient ſe calmer à ma vûe.
Mais un ſoin différent me donne du ſouci;
La Princeſſe, Seigneur, eſt-elle encor ici!

ARIDE'E.

Elle vous attendoit dans la tente voiſine.

ALEXANDRE.

Se plaît-elle en ces lieux!

ARIDE'E.

Votre accueil la chagrine.

ALEXANDRE.

Que vous a-t-elle dit de mon air conquérant?

ARIDE'E.

Qu'avec deux pieds de plus, vous ſeriez bien plus grand.

ALEXANDRE.

Penſez-vous qu'un héros peut lui céder ſans honte!

ARIDE'E.

Il cesseroit de l'être, & quand l'amour nous dompte,
Il nous met de niveau du reste des Mortels.

ALEXANDRE.

Mais les Dieux dont la terre encense les Autels,
Ont tous aimé...

ARIDE'E.

Seigneur, suivre de tels exemples,
N'est pas le vrai moyen de mériter des Temples.

ALEXANDRE.

Ce mépris pour les Dieux peut vous être fatal.

ARIDE'E.

J'en dirois plus de bien s'ils faisoient moins de mal,
Neron à votre avis traita-t-il bien sa mere !
Jupiter cependant a fait pis à son pere.

ALEXANDRE

Eh ! Pourquoi renverser ainsi l'ordre des tems !
Je vis avant Neron.

ARIDE'E.

Seigneur, je vous entends :
Votre cœur de ces Dieux vous fait l'apologie,
Et vous vous attaquez à la Chronologie ;
Un ami trop sincere importune vos yeux,
Eh bien, pour mériter un rang parmi les Dieux :

Imitez-

Imitez-les, ſoyez l'Eſclave de Statire,

ALEXANDRE.

Je ne puis le cacher, pour elle je ſoupire.
Car enfin il faut bien ſoupirer malgré ſoi;
Le Poëte aux Héros en impoſe la loi.
Que faire ſur la Scene! Oſerois-je y paroître!
Un Héros doit-il moins agir en petit Maître!

ARIDE'E.

Qu'y faire! S'agiter & ſe battre le flanc,
Reſpirer la vengeance, & répandre du ſang,
Peſter contre les Dieux, s'enfler outre meſure,
Et pour paroître grand, ſortir de la nature.
A d'éternels dangers nous ſommes-nous offerts
Pour venir dans ces lieux vous voir porter des fers!
Ne valoit-il pas mieux dans votre Macédoine,
Vivre comme un Bourgeois de votre patrimoine,
Chanter, boire, dormir, & voir faire des nœuds,
Vous feriez plus tranquille, & nous moins malheu-
reux.

ALEXANDRE.

J'approuve vos raiſons, une prompte prudence,
Me jette de l'amour, au ſein de l'inconſtance;
J'avois du goût pour elle: Eh bien n'en parlons
plus;
Qu'elle parte?

ARIDE'E *à part, en ſortant.*

Mes ſoins n'ont pas été décûs.

SCENE VII.

ALEXANDRE, PHILIPPE.

ALEXANDRE.

VErs moi si promptement quel sujet te rappelle!
Que viens-tu m'annoncer?

PHILIPPE.

O funeste nouvelle!

ALEXANDRE.

Bucephale est-il mort?

PHILIPPE.

Il attend vos adieux.

ALEXANDRE.

Pour le priver du jour, qu'a-t-il donc fait, grands Dieux?
Si vous voulez punir, lancez votre tonnerre,
Sur tant de Déseuvrés, vil fardeau de la terre,
Sur le froid Nouvelliste, & le mauvais Plaisant,
L'avide Parasite, & le sot Complaisant;
Mais hélas, mon Coursier, votre plus bel ouvrage,
Doit-il mourir, grands Dieux, à la fleur de son âge!
As-tu donc de ton art épuisé les ressorts?

PHILIPPE.

J'ai fait pour le sauver d'inutiles efforts,

ALEXANDRE.

Ciel ! je vais donc bientôt regretter Bucephale.

PHILIPPE.

On pourroit, si son mal avoit quelqu'intervalle,
Saisir l'occasion, & de son ratelier ;
L'envoyer de l'Asie en poste à Montpellier.

ALEXANDRE.

C'en est fait, il est mort, ce discours me l'annonce ;
A conserver ses jours, mon Medecin renonce.

PHILIPPE.

Je n'y renonce pas, mais prendrai-je sur moi
Le soin de guérir seul le cheval de mon Roi !

ALEXANDRE.

Cette réflexion me paroît bien tardive !
Philippe, je prétends que Bucephale vive.

PHILIPPE.

Mais si le Ciel s'oppose à vos voeux.

ALEXANDRE.

Je suis Roi ;
Je dois avoir les Dieux & le Destin pour moi.
Si le Ciel ne protege un Prince qu'il éleve,
Il vaudroit presqu'autant être Roi de la féve.
Des jours de mon Coursier, si les Dieux sont jaloux,
Ne pouvant rien contr'eux, je ne m'en prends qu'à vous.

PHILIPPE.

Eh quoi ! Seigneur...

ALEXANDRE.

Allez, & redoutez ma haine.

SCENE VIII.

ALEXANDRE, EPHESTION.

ALEXANDRE.

VIens-tu faire un recit pour redoubler ma peine?

EPHESTION.

Je dois vous faire part d'un coup inopiné,
Dont comme moi, Seigneur, vous ferez étonné.
Passant près de la tente où reposoit Statire,
J'entens quelqu'un qui gronde, & quelqu'un qui soupire ;
Je m'arrête à l'éclat d'un évantail cassé.
Dans le fond de mon cœur tout mon sang s'est glacé,
Et soudain on s'écrie, arrêtez, téméraire,
Et respectez en moi l'amour de votre frere.
J'entre, je vois Statire ardente de couroux ;
Le Prince, votre frere étoit à ses genoux.

ALEXANDRE.

A ses genoux ! O ciel ! Avoit-il bonne grace ?

EPHESTION.

Dans ses yeux éclatoient, & l'amour, & l'audace.
» Quoi (disoit-il) pour vous, quand je m'expose à » tout,
» De votre cruauté je ne viens pas à bout?

» Depuis un jour entier que je cherche à vous plaire,
» Vous résistez encor ! On n'est plus si sévere...
Elle ne répond pas ; il devient furieux :
Alors, sans respecter les hommes ni les Dieux,
Il se leve, s'élance, & sa main criminelle,
A déchiré, Seigneur, une aulne de dentelle.

ALEXANDRE.

Que n'étois-je présent ! Il ne l'eût point osé.

EPHESTION.

En vain à ses transports on se fût opposé.
Mais le Ciel qui toujours protége l'innocence,
De Statire aussi-tôt embrassant la défense,
A voulu... j'en fremis... l'horreur éteint ma voix...
Aridée...

ALEXANDRE.

Est-il mort !

EPHESTION.

Il s'est piqué les doigts.

ALEXANDRE.

Rien de plus !

EPHESTION.

C'est beaucoup dans le siécle où nous sommes,
Où tout semble permis à l'audace des hommes.

ALEXANDRE.

La Princesse sans doute est entrée en fureur !

EPHESTION.

Pour marquer du dépit, elle avoit trop de cœur.

ALEXANDRE.

Je vois ce qui retient un courroux légitime :
Dieux, ne ſavez-vous pas comme on punit un crime.

EPHESTION.

Les Dieux ont meſuré la vengeance au forfait.
Que pouvoit-il de plus recevoir !

ALEXANDRE.

Un ſoufflet.

EPHESTION.

Quand l'amour fait trop loin pouſſer une avanture ;
L'amant ne reçoit plus la moindre égratignure ;
Après le premier pas, il n'eſt plus arrêté.

ALEXANDRE.

Par combien de combats mon cœur eſt agité !
Que de tranſports divers, de douleur, de colere !
Ma gloire, mon amour, mon cheval & mon frere !
Il faut mettre ordre à tout ; arrêtez mon Rival :
Je vais voir dans l'inſtant Statire & mon cheval.

SCENE IX.

ALEXANDRE *seul.*

SI j'avois épousé cette aimable étrangere,
L'ingrat auroit brûlé d'une flamme adultere :
C'est donc à quoi tendoient ses perfides avis :
Insensé que j'étois, je les aurois suivis.
Il condamnoit en moi mon amour pour Statire ;
Et j'apprens que pour elle, en secret il soupire :
Voilà de mes gourmands, qui, flattés d'un ragoût,
Pour le dévorer seuls, en donnent du dégoût.

SCENE X.

ALEXANDRE, EPHESTION.

ALEXANDRE.

TU reviens ! La douleur dans tes regards est peinte.
Que viens-tu m'annoncer ! Explique-toi sans feinte.

EPHESTION.

Seigneur....

ALEXANDRE.

Poursuis.

EPHESTION.

Statire... Aridée...

ALEXANDRE.

Eh bien quoi !

EPHESTION.

Bucephale.... O douleur....

ALEXANDRE.

Je tremble, explique-toi,

EPHESTION.

Les flots, un coup de pied, le trépas...

ALEXANDRE.

Qu'eſt-ce-à-dire !

EPHESTION.

Vous perdez Bucephale, Aridée & Statire.

ALEXANDRE.

Avec ordre du moins conte moi mes malheurs.

EPHESTION.

Le trouble convient mieux dans les grandes douleurs.
Piquée au fond du cœur de ſe voir dédaignée,
Statire de ce camp eſt ſortie indignée ;
En vain pour l'arrêter vos ſoldats ont couru :
Sur les bords du Cidnus ſitôt qu'elle a paru,
Dans les flots étonnés ſe faiſant un paſſage,
A l'aide du panier s'eſt ſauvée à la nage.

ALEXANDRE.

Je la perds au moment où je voulois l'aimer.

EPHESTION.

Tandis qu'elle paſſoit les flots ſans s'allarmer,
Bucephale touchoit à ſon heure derniere ;
Aridée eſt venu lui fermer la paupiere.
Ce ſuperbe courſier le voyant avancer,
Dans les convulſions dont il ſe ſent preſſer,
Hélas d'un coup de pied donné d'une main ſure,
Lui fait dans le diaphragme une large bleſſure.

ALEXANDRE.

L'approche de la mort lui troubloit la raiſon.
Mais s'il s'étoit vengé de quelque trahiſon ?
Sa bleſſure tantôt n'étoit pas dangereuſe,
Et d'un trépas ſi prompt la cauſe eſt bien douteuſe.
Quoi qu'il en ſoit ami, ne m'abandonne pas ;
Et des derniers devoirs, honorons ſon trépas :
La douleur près de lui m'empêche de me rendre,
Je te laiſſe le ſoin de recueillir ſa cendre.

SCENE XI.

ARIDE'E, ALEXANDRE.

ARIDE'E *foutenu par deux Palfreniers.*

POur la derniere fois vous voyez devant vous,
Un Heros qui devoit tomber fous d'autres coups ;
J'ai tué Bucephale, il me rend la pareille.

ALEXANDRE.

C'eſt toi ?

ARIDE'E.

Moi-même ; autant vous en pend à l'oreille.
Par lui de vos exploits, le luſtre étoit terni :
Vous nous le préferiez, & je l'en ai puni.
Plus offenſée encor de cette préférence,
Statire a dans mon cœur fait paſſer ſa vengeance.
Il m'en couteroit trop pour te déſabuſer ;
Un cœur tel que le mien, ne ſçait point s'excuſer.
La Princeſſe à mes coups a marqué la victime,
J'ai frappé, mais *gratis*, & voilà tout mon crime,
J'en ſuis aſſez puni par un ſort rigoureux,
Je me venge en mourant, c'eſt tout ce que je veux.

ALEXANDRE.

A ton dernier ſoupir, ce n'étoit pas la peine,
Pour m'inſulter ainſi de venir ſur la ſcene.

ARIDÉE.

C'eſt un droit aux Héros acquis depuis longtems :
Je vais te retracer tous tes emportemens,
Et par un long diſcours terminant ma carriere,
Quand je t'aurai tout dit, je quitte la lumiere.
Prête ſans t'émouvoir, l'oreille à ce diſcours,
D'aucun mot, d'aucun cri, n'en interrompt le cours.
Où ſont tous ces Guerriers, l'honneur de la Patrie !
En eſt-il échappé quelqu'un à ta furie !
L'Inceſte, Philotas, Parmenion, Clitus,
Le ſage Aſclepidor, le fier Amphoterus,
Ces Guerriers que tu vis au fort de la tempête,
Offrir leurs boucliers réunis ſur ta tête ;
Sanglans, percés de coups, te couvrir de leurs corps,
Et pour te faire vivre affronter mille morts.
Quel prix ont-ils rêçu pour ces fameux ſervices !
L'un ſur de vains ſoupçons, périt dans les ſupplices,
L'autre a vû tout ſon ſang au milieu d'un feſtin,
Ce ſang qu'il te vouoit, répandu par ta main.
Dans le piége cruel, que tu lui faiſois tendre,
Parmenion mourut, ſans qu'on daignât l'entendre ;
Lui qui, pour te ſervir, devenant Aſſaſſin,
De Philotas lui-même, avoit percé le ſein.
Ainſi de tes fureurs, inſtrumens, ou victimes,
Ils ſe perdoient l'un l'autre, & conſommoient tes crimes.

Qu'avoient fait ces Guerriers pour t'animer con-
tr'eux !
Je vois tous leurs forfaits ; ils étoient vertueux.
Pour être en sureté dans cette Cour profane,
Pour te plaire, il faut être un autre Narbasane,
Trahir honteusement son honneur & sa foi,
Te livrer sa Patrie, assassiner son Roi,
Insulter les Bourgeois, jouer dans les Cazernes,
Se battre avec le Guet, & casser des lanternes.

ALEXANDRE *à part.*

Il n'a pas tort, mais moi je veux avoir raison.
Sçais-tu qu'un Charbonnier est maître en sa maison,
Et que de mes sujets à mon gré je dispose ?
Si j'ai voulu leur mort, je l'ai fait & pour cause.
Nous autres immortels, nous tenons dans nos mains
Les méprisables jours des fragiles humains.

ARIDE'E.

D'un ridicule orgeuil cesse d'enfler ton ame :
Ta mere Olimpia fut une honnête femme ;
Et quand au fond du cœur elle l'eût moins été,
Sa laideur répondoit de sa fidelité.
Monstre, tu voudrois donc avoir un Dieu pour pere,
Aux dépens de l'honneur de ta défunte mere !
Fils ingrat, tu feras une mauvaise fin.
Dans ta Cour, après moi, je laisse un assassin ;
Jusques dans le tombeau je vais porter ma haine.
Si la force servoit la fureur qui m'entraîne,

L'on me verroit bientôt libre de tous remords,
M'abreuver de ton ſang, & mutiler ton corps.
C'eſt alors que ma haine, à moitié ſatisfaite,
Liroit avec plaiſir ta mort dans la gazette.

ALEXANDRE *levant le poignard, & le tenant ſuſpendu:*

Quels poulmons: Ah! c'eſt trop reſpecter ſa douleur,
Malheureux apprends donc à craindre ma fureur:
Quelle inviſible main arrête ma vengeance?
Mon bras n'eſt-il armé que pour la contenance.

ARIDE'E.

Eh qui peut t'arrêter dans ton cruel deſſein!
Aſſouvis ta fureur; frappe, voilà mon ſein:
Tu calmeras ainſi ma haine opiniâtre:
Frappe donc, ſi tu veux faire un coup de Théatre.
Mais Philippe bientôt....

ALEXANDRE.

Que dis-tu?

ARIDE'E *en tombant après avoir fait une piroüete.*

Je me meurs.

SCENE XII.

ALEXANDRE *seul.*

IL garde son secret ! O comble de douleurs !
Philippe . . . Quel soupçon ? Que vouloit-il me dire ?
Pour me faire enrager, je pense qu'il expire.
Le fidele Philippe auroit manqué de foi,
Et malgré mes bienfaits, s'armeroit contre moi !
Ma crainte, je le vois, n'est que trop légitime,
Tantôt son embarras marquoit assez son crime.
Je l'apperçois : grands Dieux, à ce noble maintien ;
Quel œil ne seroit pas trompé comme le mien,
Faut-il que sur le front d'un assassin Chimiste ;
Regne la gravité d'un Docteur Galeniste.
Et ne devroit-on pas à des traits éclatans,
Reconnoître le cœur de tous ces Charlatans.

SCENE DERNIERE.

PHILIPPE, ALEXANDRE.

PHILIPPE.

EH que vois-je, Seigneur, quel funeste nuage,
A pu troubler ainsi votre auguste visage
Oubliez Bucephale, & ne songez qu'à vous ;
Permettez-moi du moins de vous tâter le poulx.

ALEXANDRE.

Oſes-tu bien encor ſoutenir la lumiere,
Reſte impur des Docteurs qu'a diffamés Moliere !
Après que ta fureur a tué mon cheval,
Tu me tâtes le poulx & demandes mon mal :
Fuis, cruel, & prend garde, ame baſſe & commune,
De voir dans mes états le lever de la Lune.

PHILIPPE.

Vous calmerez, Seigneur, cet injuſte couroux ;
Quand on ſe porte bien, on ſe moque de nous :
Mais chacun a ſon tour : plus timide qu'un lievre,
Vous me rappellerez au moindre accès de fiévre.

ALEXANDRE.

Qui moi ! te rappeller ! Ah monſtre plein d'horreur,
Quelle yvreſſe t'engage à braver ma fureur !
Que de ton corps la tête à cent pas de diſtance,
Apprenne à l'Univers ton crime & ma vengeance.

Il tire un piſtolet qui rate.

O Ciel ! mon piſtolet vient de rater tout net.
Auriez-vous donc, grands Dieux, vuidé le baſſinet !
Le bonnet de Docteur rendra-t-il légitimes,
Tant de meurtres fameux, qui pour nous ſont des crimes !
Quelle horrible vapeur ſe répand dans les airs !
Sous mes pas chancelans des gouffres entrouverts,

Conduisent mes regards sur la rive infernale...
Quel spectacle, grands Dieux... l'ombre de Bucephale...
Eh quoi... pour augmenter l'horreur de ses tourmens,
En sa présence on lit tous les nouveaux Romans.
Que vois-je... dans le Stix son ombre intimidée,
Cherche à se dérober aux regards d'Aridée,
Le perfide la suit... Arrête, malheureux,
Ou je vais chez les Morts, pour te prendre aux cheveux.
Laisse gémir en paix une ombre que j'adore,
O rage! ô désespoir! Il l'a poursuit encore....
Passerai-je mon tems en regrets superflus!
Je succombe & me meurs d'un colera-morbus.

Il meurt, & les Gardes l'emportent en riant, comme cela se pratique.

Lû & Approuvé ce 14 Septembre 1748.
CRÉBILLON.

Vû l'Approbation. Permis d'imprimer à la charge d'enregistrement à la Chambre Syndicale. Ce 14 Septembre 1748. BERRIER.

Registré sur le Livre de la Communauté des Imprimeurs & Libraires de Paris, N°. 3277. conformément aux Reglemens, & notamment à l'Arrêt du Conseil du 10 Juillet 1745. A Paris le 17 Septembre 1748.
G. CAVELIER pere, *Syndic.*